# OOR WULLIE

**D. C. THOMSON & CO., LTD., GLASGOW: LONDON: DUNDEE**

Printed and Published in Great Britain by D. C. Thomson & Co., Ltd., 185 Fleet Street, London EC4A 2HS. © D. C. Thomson & Co., Ltd., 1996.
**ISBN** 0-85116-627-X.

£4.25

Soup an' turkey, pies, plum duff . . .

nae wonder Wullie says "Enough!"

# Nae mair lassies, fights nor food!

## It's no' sae easy, bein' good!

# Modern music micht be tops —

## but ye canna whack "Top of the Cops"!

# Soccer? Pop Star? Buildin' site?

## What's the best for oor wee mite?

# Wullie couldnae be sae rotten!

## Of course oor lad has no' forgotten!

# When Ma comes hame, what's tae report?

## No' a lot — just holdin' the fort!

**The laughs are better, pound for pound,**

**on Wullie's sausage-an'-paper round!**

# Lucky rabbit? Lucky heather?

## Lucky TENNER? Dinna blether!

# Hairy berries? Just a tick!

## Shaving foam will dae the trick!

# Wull's bike winna come tae harm,

# guarded by this bike alarm!

# Wull's intent on cleanin' hooses,

# homes o' dogs an' dirty mooses!

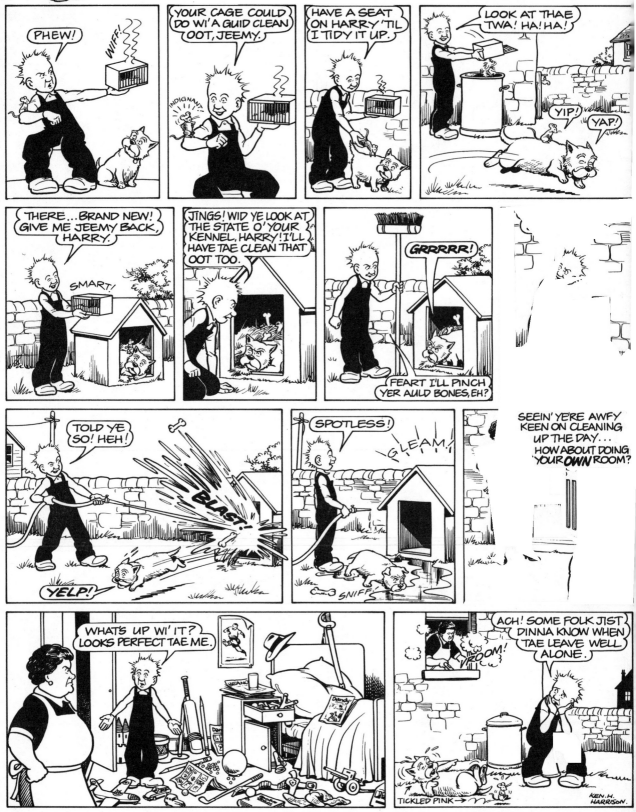

# His Highland dancin's no' sae neat —
## it seems like Wull's got twa left feet!

# He's in a trance, it's clear tae tell,

## followin' his favourite smell!

# Wull's antique market does the trick!

## He's in the money, double-quick!

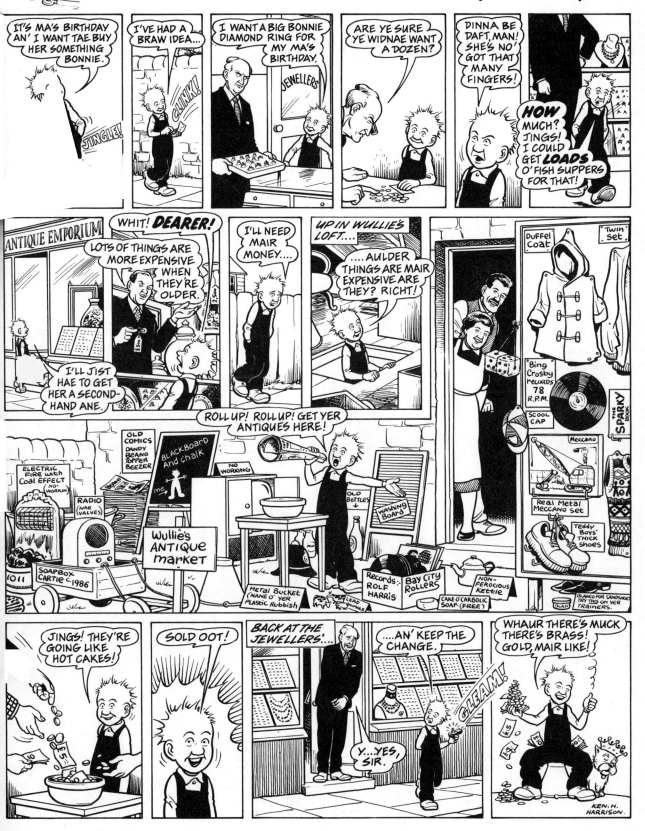

# Collar and tie and hair slicked doon,

## Wullie dodges through the toon!

# Hanging a'thing frae the ceiling

## Turns oot no' tae be appealing!

KEN. H. HARRISON.

# He likes his fitba', shots and passes,

## but isnae keen on trainer lasses!

# What can he dae tae fight inflation? . . .
## "Tyring" work — then consternation!

# An actor's life he canna thole . . .

## . . . it near drives Wullie up the pole!

TAE BE OR NOT TAE BE . . .

SOON AFTER — FRIENDS, ROMANS, COUNTRYMEN! LEND ME YOUR LUGS!

SWISH!

WELL, YOU'LL GET IN THE SCHOOL PLAY NAE BOTHER!

BUT THEN OH-OH!

TRIP!

WOW! WE'LL HAE TAE ACT LIKE WE'RE IN 'CASUALTY' NOO!

CLANG! OW!

HEE-HEE! YOU COULD BE A FAKIR NOO, WULLIE!

I'M NO' FAKIN' ANYTHIN' — THIS IS PAINFUL!

SHORTLY — WE COULD ACT LIKE 'THE THREE MUSKETEERS' — BRAVE, SWASHBUCKLIN' AN' AWFY HANDSOME, TOO!

BUT — YOU'LL NO' BE HANDSOME FOR MUCH LONGER IF YE USE MY BEANO COLLECTION AS PAPER SWORDS AGAIN!

OOYAH! SORRY, ECK!

'S GET TAE THE AUDITION — AYBE OUR TALENT WILL B' ALLY APPRECIATED '

AND YOU BOYS ARE JUST WHAT I NEED FOR 'LAST OF THE MOHICANS'!

COO! HE KENS WHIT GOOD ACTORS WE ARE WITHOOT US EVEN TAKIN' AN AUDITION!

MIBBE WE'LL BE FAMOUS!

LIKE YON CLINT WESTWOOD!

OR KEVIN COSTNOWT!

HE NIGHT OF THE PLAY

HAR-HAR! WHIT A PERFECT PART FOR THOSE THREE, MA . . .

. . . A TOTEM POLE — FOR THREE WOODEN ACTORS!

OH, THE SHAME!

IN THE HUFF!

KEN. H. HARRISON.

**Wullie thinks he's on a winner —**

**huntin' for the family dinner**

# A rod frae Wullie's favourite copper

## lands oor chum a proper whopper!

# Paddlin' is a richt guid laugh

## until his boots go floatin' aff!

# Is Wull oot tae improve himself

## wi' thae big books on the top shelf?

# Michty me! What have they done?

## A lassie's got them on the run!

# The lads are ready for the dooking!

## Pity they're no' better looking!

## Keepin' dry's a proper pain,

### but here's one way 'tae stop the rain!

*Maybe it is and maybe it's not*

*the best, the ideal, camping spot!*

# The lads are keen on fitba' fun,

## but no' the painful training run!

## The Glebe Street Gang look the best bet,

## but Wull's crocks aren't beaten yet!

# It's fair tae say an apple a day

## DISNAE keep the Polis at bay!

## *Wullie's no' sae pleased tae meet*

## *the new young Bobby on the beat!*

# Wull decides he'd better write

## his homework on the bus tonight!

DEER TEECHER PLEASE ECKUSE WILLIAM FROM MUSIC P.E. AS HE HAS A SORE EAR. LEG. YOURS SINSEERLY WULLIE'S MA.

ACH! I'VE GOT TAE DAE THESE LINES FOR FORGETTING MA HOMEWORK!

I'M NO' GONNA GET CAUGHT OOT AGAIN. I'LL DAE TONIGHT'S HOMEWORK ON THE BUS HAME.

NOW, CLASS, TONIGHT'S HOMEWORK IS GEOMETRY — IT'S ALL ABOUT LINES.

HO-HO! YER FAVOURITE SUBJECT, WULLIE!

BAH!

$$so \quad \frac{AC}{AB} = S$$

**THAT NIGHT**

AW, NAW! I'VE DONE IT A' WRANG! AND WHIT'S WORSE, I DINNA' KNOW HOW TAE DAE IT RIGHT! I'LL HAE TAE COPY IT AFF BOB IN THE MORNIN'!

**NEXT MORNING**

THANKS, BOB. I'LL JUST HAE TIME TAE COPY YOUR STUFF BEFORE OOR CLASS STARTS.

IT WAS LUCKY FOR THE REST O' US THAT YOU MANAGED TAE WORK YOUR QUESTIONS OOT. I MADE A RICHT MESS O' MINE.

SO DID I! I HAD TAE GET A COPY AFF O' ECK!

BUT... HE COPIED AFF ME!

OYS COPY EACH OTHER'S COMPLETELY WRONG!

WELL, SINCE YOU OBVIOUSLY LIKE TO DO THINGS TOGETHER...

OOR TEACHER THINKS SHE'S AWFY FUNNY! SHE'S GIVEN US A' LINES... ON ONE BIG LINE O' PAPER!

HUH! SIDE-SPLITTER!

AND TAE THINK I SAID YE WERE A HERO, WULLIE!

KEN.H. HARRISON.

## Primrose fixes it, ah, but . . .

# Wullie plays a proper shocker

## in this game o' vintage soccer!

## Nouvelle Cuisine's no' very nice.
## Tae Wull it looks like food for mice!

# Ye'd never call him "Wull the Otter".

## He canna stand the sight o' water!

# Michty me! What can Wull dae?

## He's bein' shipped tae Botany Bay!

# What would life be withoot a care?

## Wull wants tae be a millionaire!

# Harry's turn tae show his paces . . .

# Rex and Murdoch hae red faces!

## He'd like a photie o' some note,

## but Bob gets ain that gets his goat!

# The weirdest thing ye've ever seen —

## Wullie's hame-made Time Machine!

There's his favourite in the watter,

in a box, covered wi' batter!

## Something that's no' often seen —

### Wull a' dressed an' squeaky clean!

# He's kept clear o' lassies up 'til now . . .

## but he's "head over heels" wi' Doris Gow!

# What on earth can Wull hae done

# tae be a baddie on the run?

# Pinchin' apples an' duntin' Bobbies'

## caps are no exactly HOBBIES!

# It's just no' Mildew's day at all!

# Wullie's really on the ball!

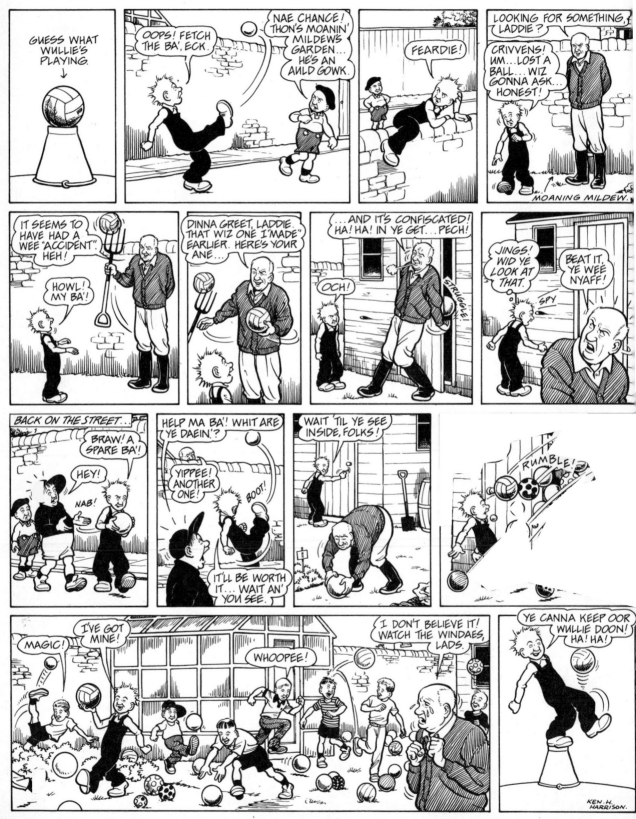

# Wull does fine at raisin' lolly

## an' Primrose is near off her trolley!

# Wullie isnae such a smartie,

## fixing tin cans tae his cartie!

# *Oor pal's muscles canna stand*

# *haudin' up this Baby Grand!*

## The lassies love tae see his knees,
## when Wullie cleans his dungarees.

Wullie's dropped, they're glad tae hear —

but they're no' chuffed wi' their new gear!

# Their fitba' kit's a proper shocker.

## They need a deal tae lift their soccer!

## Bob's been telt tae shed the weight
## an' Wullie's training method's great!

## He lands up soaking in the end,

### for laughing at his wet-look friend!

# Beaten by a bike wi' basket,

## mountain man near blaws a gasket!

*He feeds the birds an' spoils ducks rotten,*

*but there's one mouth that Wull's forgotten!*

# Jeemy does just as he pleases . . .

## slippers, bed an' lots o' cheeses!

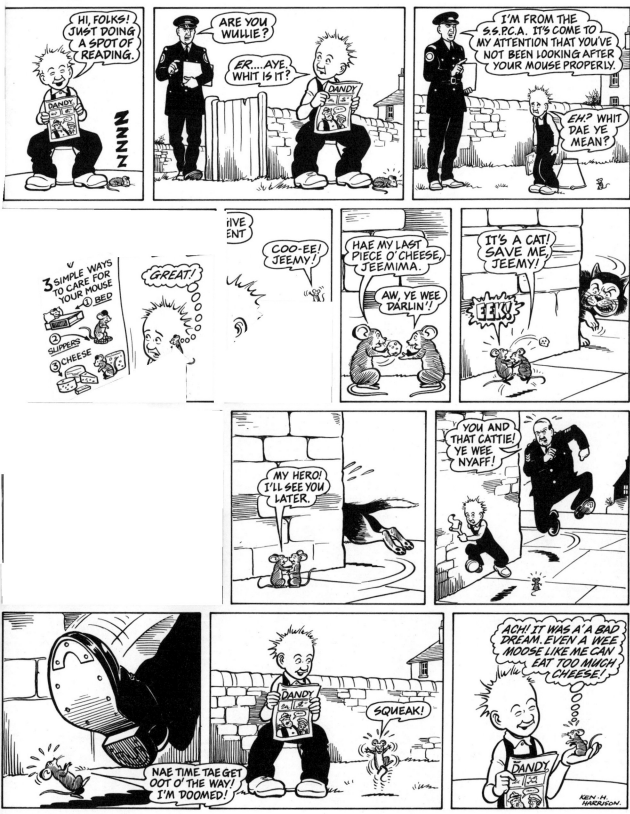

# Murdoch ends up lookin' silly

## in the search for missing Billy!

## Wull plots revenge. He's got a notion tae gie his copper pal promotion!

## Insulting Primrose can be tricky.

## Bob just shouldna take the mickey!

# Wullie's tough, his cheeks are rosy,

## but even tough lads need a cosy!

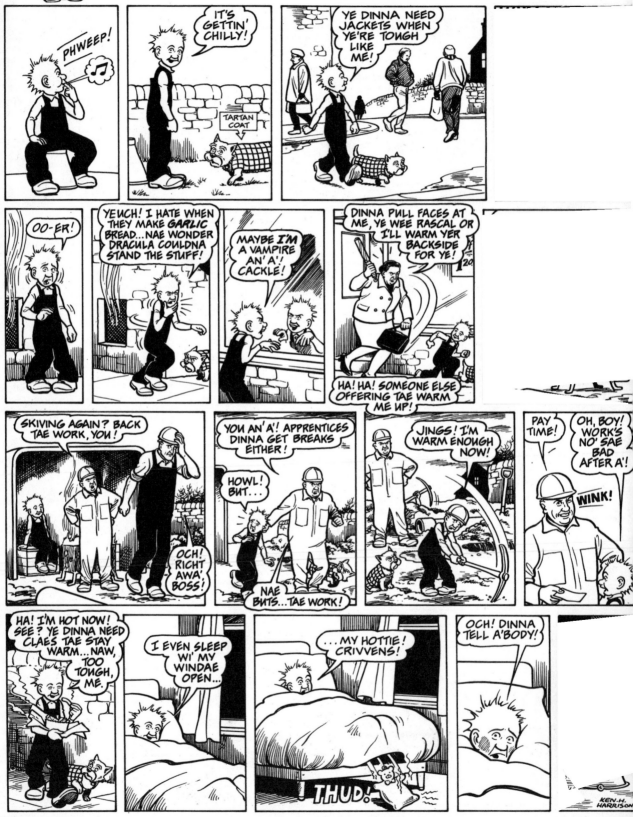

## They're baith thrown oot, 'cos Bob's no' lookin'

## whaur he's divin' when he's dookin'!

# Sna' ba' fechts! Wull loves the sna',

## but Murdoch's no' amused at a'!

He's skint, but you'll no' see him grieve,

'cos Wull's got something up his sleeve!

# There always is a price tae pay

## for a' thon food on Christmas Day!

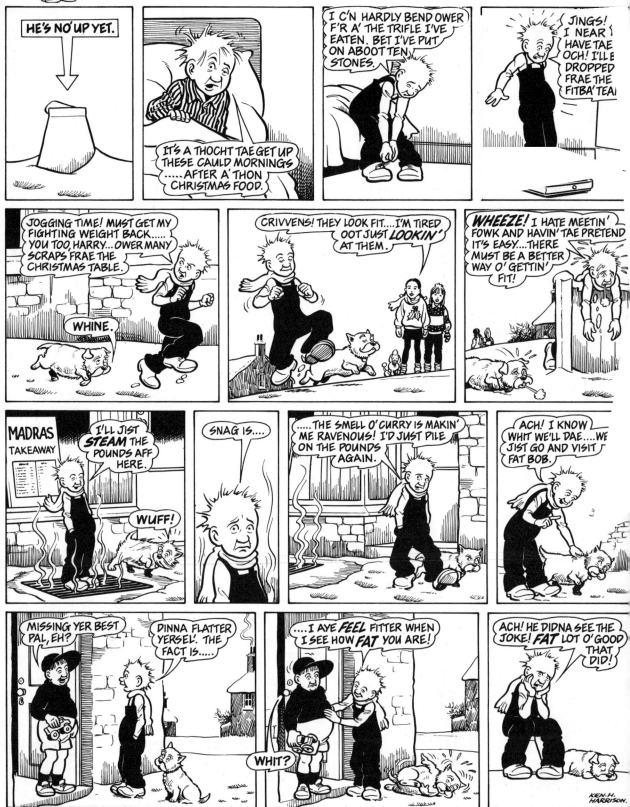